そして溶暗

こたきこなみ

思潮社

そして溶暗

こたきこなみ

思潮社

目次

装幀＝思潮社装幀室

そして溶暗

花冷えの土の顔

薄闇の地面に
若女の能面が置かれてあった
　死化粧ふと手を止めて……
戯れ言のつもりが何と不吉な夢

七歳の私が路上に落書きをしていた
突然わけもなく母が死ぬと思った

泣き声をあげて家に駆け込むと
母は何事もなく立ち働いていた

いま病床で母がつぶやいた
また　お父さんが夢に出てきた
無表情の面差しにいっしゅん明かりが点った

箪笥に長くしまいこまれた着物の匂いがする
子の知りようのない歳月
踏み込みようのない聖域のまま父は逝ったのだった
妻や子から遠ざかった分だけ
妻も子も父から離れたのだった　それでも
薄情けの仕返しのように
私の生は拾われたらしかった

散り敷く花びらが土の冷気で変色する
若女の面と亡き父が身をかさねている
その女の秘めやかな感覚がなぜか私に迫る
面が外れる
つかのま寂しさの器たりえた安らいだ表情の女
ぼんやりと　母のような私のような

それはもはや人ではなく
わずかな土の輪郭
雨風に崩れて目鼻立ちも定かならず
紅白粉でかっこうをつけようにも
不器用な手であせるばかり
なにもかも断念して　アスファルトがかぶせられ

閉じられてしまいたい
燃えのこる燐を隠して

舗道に私の小さな娘がチョークで女の子を描いて遊ぶ
それがふしぎに自分の顔立ちに似るのを
幼い者は気が付かない

I

枯野の舟

母親は色白で太っていたから
風をはらんだ帆掛け舟に見えた
国中が飢えていた時代も　どこかで荷役をしては
積み荷とともに帰ってきた
惜しげなく子らは受け取った

いま年古りて破船はわずかの風にもたえられず

人工の息で生死の潮目をさまよっている
とうとうそれは海境の果てへ没した
帆のちぎれのような骨を子らは拾った

あるとき趣味の会の仲間から
テープに収められた母の声がとどけられた
「この浦舟に帆を上げて……」
祝ぎ歌の連れはとうになかったが
はじめて聴く美声だった

古えの書に　枯野《からの》の舟　という文字を見つけた
大樹から造られた目覚ましい早船で
貴人のための清水を運んだ

何故か　枯野　と名付けられた
壊れてのち塩を焼く焚き物となり
その残りの材は琴に作られ
七つの里に妙音を奏でた　とか

これが母に似ているとは思いたくない
身をすりへらして働く女が求められた時代の
死後もなお残すものを尊ばれた時代の
日本の母たちのようだ　とは思いたくない
黄泉路　星明かりに
枯野いちめん　藁草が光を帯びる
埴輪で見る舟が橇のように滑って行く
すっかり空《か》ら身なので
かすかな夜風にも軽やかに吹かれて見えなくなる

もうすぐ地の塩を焚き上げるだろう
もうすぐ琴が鳴り出すだろう

一度生きたものは　終わってなおしばらく
身の余韻として世に留まる

＊「　」内　謡曲より
枯野の舟　「古事記」より

たとえば　ひとひらの印画は

図画の時間だった
新任の女の先生に連れられて近くの林へ行った
夏休みが過ぎると北国はもう秋の風
白樺の幹の薄皮が風にめくれていた
その半透明な切れはしを取ってくると
　こんなことも面白いでしょ
先生は胸のポケットから万年筆を抜いて

たとえばね　と　それに字をしたためた
「お母様の思い出」　と美しいインク跡であった
これを画用紙で裏打ちして切り抜けば栞になるのよ
わたしたちはたちまち惹きつけられ
てんでに薄紙状のものを採って来て字を頼んだ
ほかの文句にしたら?　そうね「夢見る花たち」とか
「虹のリボンを結んで」なんてどう
でも私たちは「お母様……」のほうを好んだ
皆の母親たちは元気だったが
十歳ぐらいにもなると　予感していたのだ
親とは　いつか思い出の彼方に閉じられる人と
何でもない日々のひとこまも大切に追憶される人と
その地ではお母様などという呼び方は少女小説の世界で

ヒロインの「お母様」は撫で肩から羽織をずり落ちそうにして
白い指で床の間に花など生けているのだった
ここの母さんたちは　つい先頃まで
リュックを背負い買い出しから帰った
あかぎれの手はストーブの煤や石炭でまるで熊の手だった
地吹雪をかき消す野太い声で子供らを呼び立てた
でも少女たちは母親が静かな声ときれいな手の
そんな暮らしを願っていたのだ

半世紀以上も時は過ぎ
いまわたしの母は老いて酸素のそよ風で息をつなぐ
九十歳も半ば　帆ちぎれ浸水とどめようがない破船
沈みかけながら日々ゆらゆら漂っている
記憶の積み荷も流失したが

辛かったことも無に帰しているのにほっとする
熊の手も白く滑らかになった
　何日も手を使わないなんて初めて　かすかに笑う

女という女が母親になるほかない時代だったが
父と出会わなければ
そしてわたしたちを生まなければあり得た別の人生を
思ってみたことはなかっただろうか
とうとう聞けなかった　思い出は密封されて
意識にはもう闇も澱みもなくその場その場素通しだ
昏睡の潮目をさ迷いながら呼べば薄く目をあけて頷く

そのとき　声が風となって
たとえば　ひとひらの印画は

ちぎれ残った帆のようにゆらめくのだろうか
流れる薄雲　はぐれた海鳥の影のように意識をかすめて
そのとき　最後の念も
薄紙の栞のように　はらりと風に舞って行方を絶つのか

セピア色の面影に

母の遺品の中から　古い写真が出て来た
大正初め東京下町の尋常小学校の卒業写真
袴姿の女の先生とフロックコートの校長先生
和服に桃割れや束ね髪の少女が三、四十人並んでいる
享保雛のような古風な顔立ちはまぎれもなく母である
すっかり変色した掛け紙の上にところどころ幼い字で
田中ハマ　佐藤たけ　林貞代……などと書き込まれている

仲良しだったのだろう
今まで聞いたこともない名の　それを見たとたん
嫉妬のような感情におそわれる
私が決して加われない時間への羨望
ああ　この子たちは母の少女の日々を知っているのだ
娘である私には決して会えない時間を共にしていたのだ
毎日体温の溶け合う同じ空間で同じ空気を吸っていたのだ
すると　見ず知らずの女の子たちの
日向くさい髪の匂いなど　なぜか懐かしく幻覚してしまう

ねえ　ハマさんたけさん貞代さんたち
この　眼ほそく眉薄い面長の子を覚えてませんか
先頃九十半ばで死にました
あなた方は昔毎日いっしょで　袂を引っ張ったり

手をつないだり石盤で字を習ったりしたのですね
どんな空気をまとっている子でしたか
おとなしすぎて歯がゆくて意地悪もされましたか
のんびり屋で図画もお習字も仕上がらず
残されぼうずと笑われたでしょう
遠足では道端の野スミレなど摘み摘み皆とはぐれて
泣きそうな顔でやっと追いついたのでしょうか

娘ざかりに関東大震災　女ざかりに東京大空襲
難をのがれたものの心安まらぬ生涯
少女たちの焼け焦げ色の空間は異界へと運ばれ
一人一人の記憶も感傷も体温も体臭も閉じられ
最後の遅刻にうろうろと母は

皆の後ろ影をさがしていて
いつのまにか写真の少女の姿
花を摘むひまもなく溶暗

＊石盤　小学校備え付けの学習用具。粘板岩の薄板製で文字などの練習に使われた

欠けら

うつらうつら昏睡の口が開いて「とばした」と声がした
「何を」ときくと
「つめ　爪を切っていて飛ばしてしまった」
そういう夢を見ていたという
最期の　わずかな残り時間でも時は同じように過ぎ
老母は普段の意識を生きているのだ

死の直前には走馬灯のように生涯を回想すると聞くのに
何一つ生涯の締めくくりめくことも　言い残す述懐もない
いやうっかりしては互いにとめどなくほつれる繰り言の口を
こんなときすら固めていて
私も感謝のことばのきっかけを掴めぬまま　おろおろする

日々の欠けらを始末し翌日への小まめなやりくりをつけ
それで起き伏しの快不快がきまり一家の幸不幸につながると
女は気を配り意を用い手落ち粗相のないように　躾けられて
ほとんどそのように長い一生を使ったのだった

この何もかもとりかえしのつかぬ時　私は
辛い思い出や怨みごとなど聞かなくてすんだのだ
こんなときでも無意識に気を使う人だった

そのとばした小さな三日月型の欠けらが
今となっては貴重な形見と思えて
ふと　いつもの母の座のあたりをさぐる目になってしまう
そして
あれはあの人の夢の中だったと気付いて
こんどは自分の夢の中で病院のシーツを手探りしたりする

追憶装置

「女の方としてはしっかりしたお骨ですね
こんなに硬い頭蓋骨はめったにありません」
壺に収めながら火葬場の係員がほめるのだ
生前それが分かる機会がなかったのは幸いだったね　母さん
多難な時代の長い生涯だったけれど
この頭骨に守られてか
昏睡の脳裏にも　ひとひら私の影がさしていたらしい

熱を計ろうと額に当てた手に
「そんな冷たい手をしてるから　風邪を引かせた夢をみた」
幼いころ　私が病身だったことを思い出すのだ

本人には知りようのない誕生時からの姿を数多く
預かっていてくれた唯一の人の
堅固な外壁の中ふかく　保存したフロッピーの消去
そして私のなかの母ももう更新されることはない
影を失って私は背後が削げた板人形
書き割りじみて薄く立ち尽くす

それでも　せめて
母を記憶した再生装置としてもしばらくは
きちんと立っていたい

禁域

昏睡の母は幾筋かの管につながれ
人工の水路が人体の流通を司る
もはや呼んでも答えがなく
雪をかぶった冬の畑のように瞼をおろしてひたすら眠る

仕切りのカーテンが開けられ白衣の人の明るい声
「尿導管の取り替えでーす」

ナースの慣れた手つきが隠し所のあたりをさぐりかけたとき
思いがけない強い声がひびいた
「何をするっ　そこ触らないでっ」
紛れもなく母の発声であった
たじろぐ私にナースは逆に執り成す
「この年頃の人はみんなここをさわられるのをとても嫌がるんですよ」
物言わぬほどに呆けた身にそんな緊張がもどるのか
思えば　触れられようによっては
舌を噛んで死ぬことさえ教えられた明治生まれ
我が身とて不気味で剣呑な部位を何も知らされぬまま
母体となったのだった

生命の局面をむかえるたび

血と痛みに始まる災厄に似て至福
身を裂いては成る新生
捨て水と女の血脈を隣り合わせて
新生の始点と水路の終点が混同する場所
造物主の　手抜きなのか手だれなのか
誇りなどすっかり明け渡した生の終わりに
最後の一点の羞恥心か身の守りか
ひたむきに　まだ残るものがあって
細胞を流れ下る無数の筋を束ねて
まだかすかに水も息も通わせて
情愛からさえほどかれていて…

この人にさわるな
ようやく雪をむかえた休耕地のようにくつろいでいるのだ

彩色

いのちが置いていった空《から》の像《かたち》としても
まだ輪郭があるうちにせめてもの華やぎを

母の枕辺に化粧料が運ばれ
ナースが練り白粉を頰にのばす
私も眉墨や紅筆をつかう　なぜか色がのらない
「なかなかうまくつかないものですよ」

そのとおり　これらの製品は体温がある人肌用なのだ
ましてこの死者は若い時からいつも素顔
家庭の女は温順で目立たぬのが美風とされた時代
皆の顔色を窺っては色褪せた
思えば生前からほとんど生きていないようだった
何も加えない皮膚は毛穴を塞ぐことなく　そこから
内圧する感情をエア抜きしては生涯をなしくずした

粉飾せぬ肌合いの生ぬるい退屈さに家族は甘えては苛立った
取り返しのつかぬ母の思いを時代のせいにして借り倒した

ある時　髪を梳る母の鏡を覗きこんでいた
あれっ変だな　と思った　母の顔が別人に見えた
無垢の子どもの眼の錯覚ともちがった

つかのま表情の歪みだったか
どんな物思いが一瞬の間合いをかすめたのか

二人がかりで流行色に彩られ母の仮面は完成した
まるで嫁入り時のような常ならぬ華やぎに
かえって私は死という変事を実感した
まあ綺麗になってと　お世辞さえ言われ
皺寄せられた面相も　魂が抜けきった澄んだ表情
残された者の悔いは白粉の壁で隔てられ
亡きがらの穏やかさに取りあえずゆるされようとして

真夏　そろそろ変質が始まる
忍び寄る腐敗の裏をかいて化学製品の彩りが
いますこしの鮮度を止どめている

相似のひと

遊びにきていた母が散歩に出たまま帰らない
捜しにいくと近くの小公園で
紅葉の葉を拾っている
見知らぬ初老の女の人が寄り添っていて
選んだ赤い葉を渡してくれながら
「亡くなった母親によく似た方なので　つい声を
おかけして懐かしく　お引き止めしてしまいました」

と　ほほえみながら別方向にかえっていった

どんな話がはずんだのだろう
「知らない人だけどそのお母さんのあれこれや
戦争中の苦労なんか次々思い出してね」
紅の鮮やかなものを夕日に透かしながら
色紙《しきし》に貼ると俳句が引き立つと母はいう

それにしても印象のうすい母の顔立ちである
他人の空似でも　よく見つけられたと思う

数年後高齢で母が世を去ったあと　私は
生前にまとまった話を聞くことがなかったと気付いた
今更ながら　それを聞いた人が羨ましかった

その人の顔をよく覚えなかったのを悔やんだ
行きずりのいっときに　母を
慕わしく思ってくれたことにお礼を言いたかった

似ているというだけでは何の意味もないのに
人込みのなかで今また自分も　母の面影をさがしている
かすかな　ふれあいにでも
人は誰かにつながりたいのかもしれない

遺品のなかの小さな句誌に母の投句が見えた

　色褪せずもみじの栞はらり落つ

遠来

晴れ渡る青空の下　気に入りの着物姿で母が立っている
いつもの口ごもる無表情がほどけ
　今こんなに気分のいいところにいるんですよ
目を細めて言うのだ

　よかったねえ母さん
そう声を出しかけたとたん目がさめた

鮮明な夢など見ることがない私に
縹《はなだ》色の着物に大島紬の羽織の光沢が瞼の裏にのこった
亡くなって一年　至福の国に渡ったらしい

少女期私は自分が疎ましかった
いつも自分が思うようにならず
そんな気質が由来する母をも気に入らなかった

友達の母親のように大声で子らを叱ってほしかった
小説のように目覚ましく家出をしてもよかった
あきらめたものの塊が　体に重く沈みこんだか
母は家の暗がりによどんでいた
浅はかな娘は　次の世に生まれたら
海藻の茂みの魚卵から孵り　一匹ゆうゆう

潮目を泳ぎたい　と　ひねくれていた

その後も夢の通知があった
同じ着物姿で異国の城館の窓の中から
通りがかりの観光団の私に手を振ってみせたり
別の日には行き先まで私に書き付けを届けにあらわれて
死後の幸福を伝えようとしたらしい
　やったね母さん
　死の力でこんな技を授かった　母さんは新生した
それからしばらく通信は途絶えた
こちらから発信の手立てはない
生ある者は何て無能なんだ
寂しいけれど
卒寿半ばの助走期間を終えて

いよいよ　時空の枠から放たれ
無限界を気ままに遊べる身になったらしい

II

酸素

叱られた子どもは寝息さえひそめて眠る
ひかえた呼吸の分だけ前の世に戻って
度重なると帰れないのではないか
追って行こうとして夢の戸口で締め出される

——夢の中でひとりぼっちはさびしいから
　どうすればお友だちを呼べるの？

昼間かたときも休みなく
どこかへ行きたがっているのは
ほかに　もっとよい場所があるような
あるいは未生以前の記憶をたどるような
感覚に駆られるのかもしれない

ごくたまに一人で遠出をしてしまう子がいる
見知らぬ大人の足もとをかいくぐり
改札口をすりぬけて
遠距離の終着駅で泣いていたりする
あこがれの果てしなさにこわくなるのか

私の娘も二歳のとき迷子になった

外出先で母親の手をふり切り
一瞬にして視界から逃げ去った
さがしあぐねて坐りこんだ交番で
書類に記入しているところへ
パトカーから娘が抱きおろされた
思いがけぬ場所で母親と再会できた筈なのに
泣いてとびつくどころか
珍しくもないオモチャを持たされたような顔をした

帰り道　乳母車の中で正体なく寝入った
先ほどの不始末にも平気で
大きく鼻孔をふくらませていびきをかいた
急に夢の世界でも酸素がたくさん必要になったらしかった

薔薇のいれずみ

赤ん坊のころ　娘の胸には　鮮やかな紅色の痣
あんまりいたいけなので
この世に送り出すとき神様が
念入りにつけた品質保証のキスマーク
生まれながらの薔薇のいれずみは
この子の娘盛りには　きっとチャームポイント
そう思うことにしよう

医師によると　これは血管腫というもの
たしかに血管が肌に浮き彫りで
血が通っている証拠に
皮膚がふくらんでいる
生まれたての血の色はこんなに綺麗なんだ
新品のいのちって　わずかな隙にももぐりこんで
劇中劇のように
いのちの上にも　いのちを重ねたいのだ

大きくなって憎まれ口をきくようになって
薔薇は枯れた
神様の品質保証期間は切れたのだ
もう女親にも胸など見せない娘の襟元には

だれのプレゼントか
ルビー色の花型のペンダントが光る

もう皮膚の表面でなく奥深い内部に
起こるべき大きなドラマにそなえて
たくさんの血があつめられているので
わずかな血も道草などできなくなったらしい
やがては新生のいのちのドラマが始まるのだろう
血は劇中劇がよい
発生の密室から密室へ
封ぜられて連綿と永久に守られつづけ
美しい血潮よ　決して外からの力で
野外劇のように流失などすることがないように

ただ願う

垂乳根《たらちね》の

困ったわ　お母さん　こうしていると
わたしの中身がどんどん吸い取られて
自分がすっかり空っぽになってしまいそうなの
ゆったりと抱いて
赤ん坊に乳を含ませながら娘が訴える
今まで必死に勉強した頭の中身が蒸発して
何もかも忘れてしまいそうなの

娘には職場の資格試験が迫っているのだ

私もそうだった　産みの苦役のあと
私は抜け殻だった
郷土の河では産卵を終えた鮭はホッチャレと呼ばれ
味も脂も抜けて自然に死ぬ
私も　もういつ死んでもかまわないのだった
代わりに　嬰児のおぼつかぬ息が心細く
胸の底から乳脈が根を張り重たく
小さな唇に吸われこむと
三十年　頭蓋のなかにたたみこんだ記憶も知識も
乳脈へ流れ去り　知脈は枯れ葉でふさがってしまった

わたしという中古車を下取りに新車を手に入れた気分ね

お母さんもそう思ったんじゃない
でも中古車だって車検に入れて手入れすれば
　鮭より長持ちよ

すると子に歯が生えたころ乳脈は涸れ
脳細胞への水路が戻ったのだった

また泣き出した子に娘は胸をひろげ
とたんに小さな顔がほっかりと安らぐ
すがる子のまなざしとの小さな空間で
新生と成体の息が溶け合う

娘よ　資格とか試験なんて人間の決めごと
あずかり知らぬ力が容赦なく取り上げたのは

一時預りなのだ

自然のしつらえた元根の不思議が今を巡っているところ
一季節をゆだねるのもわるくはないのよ

誘拐でんわ

幼い娘がパン屑を撒くので　庭は
雀でいつも賑わっていた
ある日　娘が古い笊《ざる》を持ち出してきて
雀を捕る仕掛けを作るというのだ
―雀さんをわたしの妹にしたいの
友達みんな　妹がいるのに
わたしだけ一人っ子なんて厭だあ

おとなの理由は娘にわからない
—雀だって子どもが攫われたらお母さんが泣くでしょ
—雀のお母さんに電話かけて頼めばいいの
　わたしの妹にするから一匹ちょうだいって
—神様が番号教えてくれるかな

そんな明くる年　ややこしい思惑をこえて
本物の妹がやってきたのだ
不思議な電話がつながったらしい

お泊まり保育

ある春の日　夕闇が迫ったのに
いつになくさざめき止まぬ雀たちの声
庭の草むらに　雀のヒナが落ちていた
そばの楓の木から飛び損ねたのか
このままでは野良猫にやられてしまう
古タオルにそっとくるみ家の中に保護した
娘たちがお菓子のかけらをあてがった

夜明け　只ならぬ雀の騒鳴に起こされた
ゆうべ子雀が残されたあたりに一族が群れて
子を返せ返せと雀語のシュプレヒコールだ

誘拐じゃないよ幼稚園のお泊まり保育だよ
娘がそれをふわりと楓の枝に止まらせた
囀り音が渦巻いて
周囲の羽ばたきに押し上げられるようにして
見るまに幼鳥は空のものとなった

近ごろ　なぜか雀族を見かけない
まさか対鳥系テロの暗躍？　でも
ここはまだ安全　たまには遊びにおいで
小さな一家よ

Ⅲ

家路

星も見えない夜
帰って玄関をあけると
あの人が来てる　と母がささやく
いつも留守なので父を　陰でそう呼んでいた
茶の間を覗くと
見知らぬ男たちと酒盛りの最中で
上機嫌な歌声など聞えたが

やがて酔いつぶれて静まった

あれ以来はじめての一時帰宅で
水いらずの筈でしょう
さては　長い間横着にも
世捨て人をきめこんでいたのですね
すると　あの人は目をさまし声を張り上げた
「そんなことより
明日は皆んなでピクニックだ
朝が早いから　さあ　もう寝なさい」

昔から強がりを言う人で
病気さえ隠していたのに
今も生きてるふりをしたいばかりに

こうして仲間に送られて
人知れず闇をくぐって来たのですか
そのとたん　夢だったとわかる

戦地から帰国し混乱の時代が終っても
あの人の心は外にばかり向かっていた
いっときは風に乗れる錯覚で
光る雲に軽やかにまぎれ
にわかに高所へ釣り上げられ
茜雲や虹にあこがれる少年の心地だったか
たとえ日射しとそよ風に迎えられても
雲の城では支え切れぬ身の重さだったのに
でも　古い家の暗雲から家族を連れ出し

時には青空の下　野の花の高原などを
談笑しつつ　そぞろ歩いてみたかったか
そんな簡単なことを口に出すのに
無口で不器用な人が
長年　墓の中でためらったあげくの……

いつのまにか雨の音
薄暗い夜明けに　すがれた後姿がかすむ
その猫背に　どれほどの思いの嵩を押し曲げてか

雨音がはげしくなる
輪郭をほどいて濡れずに戻れたか
ピクニックは無理だったにしても

蚊柱の人

明け方の夢にあらわれたのは
姿かたちも朧な　陽炎のような気体なのに
あの人だとすぐわかった
現《うつ》つともなく　奥深いところで
何と存在のありようは自在なのだ
この空間には　いたずらっぽい謎のデザイナーがいて
透明人間や影人間をつくって人をからかうのかもしれない

あの人はいつも荒織のジャケットで出掛けた
その手触りで気がついた
はがれ落ちた微粒が行き所なく
こうして送られてくるらしい
思えば実体のよくわからない人だった
この陽炎のような気体は
金色の夕陽をあびる蚊柱
子どものころ面白がってそこを走りぬけると
あてどない虚ろなのに　イガイガと羽虫の感触が残り
本当にそういう人だったと思い当たって
むしろほっとする
少しだが手ごたえがあってよかった
どこまでいっても幻だったら寂しすぎる
陽炎だったら儚なすぎる

父よ　もうほとんど誰の記憶にもない父よ
なしくずしの生涯の収拾つかない徒労が
娘の悔い多い思い出と釣り合うとき
イガ虫たちから放たれて

今はない家の薄闇の　青い蚊帳に沈んでいてほしい

寄る辺

晩年の父は小さな秘境であった
びっしり葉が重なって日射しを拒む樹木
わずかな野花も丈高い草に隠れ
草いきれが蒸れ返り呼吸を濁す
葉裏から得体も知れず飛ぶ物這う物たち
散りたがる草の実たちを無表情に押さえる
ひそめた感情と記憶の合い間に

だれも立ち入れないのだった

ある年の正月　街で父を見掛けた
和服にまとった外套はそう古くはない筈だが
立ち枯れめいて凍裂が兆した大木に見えた
父は居場所を失っていたのだ
顔つなぎに雪の晴れ間の年始まわりという
私はこの近くの事務員で用務の途中だった

雪路に滑って父が転んだ　私が駆け寄るまえに
通りがかりの少女が二人助け起こしてくれた
「ありがと娘さん　いいお聟さんとこにお嫁にいけるよ」
はじける笑い声とともに二人は通り過ぎ
父の　こんなお愛想に安堵しつつも私は足もとの雪を蹴った

何ガオ嫁ダ　不吉ナ言葉ダ　怪鳥ノ翼ノ陰ノ悪夢ノヨウダ

それから　半世紀以上も時が流れた
ある詩誌*をぼんやり眺めていたら
「古い紐育《ニューヨーク》S石油会社出張所」という文字が目にとびこんだ
一瞬　未知の空間が私の息を占めた
大正時代に滑り込んで　その筆者に聞きたかった

コノ会社ノ窓ノ向コウニ若イ男ガ見エマセンデシタカ
分厚イレンズノ眼鏡ヲカケ　ワイシャツノ袖ヲ捲リアゲ
計算機ヲマワシテイマセンデシタカ　私ノ父ナンデス
表ノ給油所デハ当時珍シイ洋服姿ノスタンドガールガ
メリーサン　ト呼バレテ頬笑ンデイタデショウ

父のアルバムのスナップ写真を思い出したのだった
H市初任を聞いたことがあった　その拠点を実感した
広告などで社名はよく見かけたが
このような想念を誘われたことはない
たった十数文字の固有名詞　詩というものの喚起力だろうか
世界的大企業名が勤め人の誇りだったのに
定年前に父はその所属からはぐれた
戦勝国民の上司に敗戦国民の社員は個人でも負けた
秘境の草叢からまぎれ出た虻の羽音が耳障りだったのか
今この企業名は存在しない

＊木暮克彦「小さな町その感情」(「セコイア」誌) 30号

闇鍋の日々を来て

ある日わが息の在庫が乏しいのに気付いた　そろそろ
狭いけど新しい白木の寝室を独り占めできるらしい

思い出せば半世紀も昔の父の野辺送り
臨時に出張した孤島での急病死
浜辺沿いの石ころ道を歩けば野天の焼き場だった
その地のしきたりか棺ではなく

掛け布に覆われた亡骸は板にのせられ
見ず知らずの島人たちの手で運ばれた
「さあ皆んなして担《たな》えていくべ」
「体のでかい人だば　こんなときゃ嫌われるだなあ」
そんな声の湿りが懐かしげで
反抗期の私も硬張りがゆるんだ
秋には珍しい晴天に乾いた薪が機嫌よく燃え
揺らぐ炎を透かして青い海は凪ぎ
脂の滴りのたび火の舌も青めいて長く伸びた
人は我が身の始末分の燃料を積んでいるらしい

一月ほどだったが父の仕事は島人に喜ばれたのだ
不遇な晩年だったが終には幸福な死体だったのだ

闇鍋の果ては生酔い燗冷めて…　だな
出発前夜　食膳でふと呟いた父
未必の死の意識であったろうか
明治生まれの男は生涯を述懐することなどなかったのに
謎の一端がほつれると全部が裂ける
そのことへの　自戒のように

人は無我に生まれさせられ
身の抜け殻の始末は免責となる
不用意に始まり不始末で終わる天の恵み

ところで父よ　よいときにそちらに移動できましたね
元大正モダンボーイも武器やら捕虜収容所やら熱病やら
闇鍋には怪しいものが次々投げ込まれ

消化困難からいっそう衰弱がすすんだのでしょうが
あれから私らもますます生き難くなりました
世界の大釜は魔物どもの毒物で煮え返り焦げ付き
黒雲と毒ガス悪疫を焚き出しています
だから老いても未だに私は反抗期
なあに死ねば治るでしょう

幻住所

古代エジプト遺跡発掘のドキュメンタリー番組を　子どもたち
と見ている　庶民の幼な児のミイラ葬も累々とあらわれる　古
代の親たちは再生を念じて　どんなにか切なくその証しを求め
ただろう　念じても念じてもついに抜け殻だったその跡
「あんたも死んだらああしてあげるね」　中学生の姉がからかう
「そしたら　イエノタカラにしてね」　すかさず小学生の妹が切
り返した

「ねえママ　タマシイが帰って来たって　あんな所じゃ退屈だろうね」

タマシイは寂しがりやで藪蚊のように人に寄ってくるのですよ
コップにお水を一杯供えて下さい　蚊ならそこへボーフラぐらい湧かせるのですが　タマシイは何の力もなくおとなしく死んだままなのです

あちらとこちらの深い霧の中　うろついたあげく　人肌にほっとして　でも知ってる人はもううんざり　新しい幸福を求めるのでしょうが　場違いで気おくれするばかり

誰もが　自分のイメージを他人に写し込みたくて　愛も栄光もそのためにこそ求めて生きたのに
寝入りばなの無意識の目裏《まなうら》を通りすぎるのはそのような旅人の

影か一様に皆　目を伏せ声もなく

暗い霧をすかして　荒野を行く私の姿を見ている　とある建物
へ上りこむ　避難所のような集会所のような畳敷きの大広間

ふと片隅に見つけたのは父の顔　十歳ぐらいの男の子といっし
ょだ　駆け寄る私に驚きもせず父は言った
「ちょうどよかった　お前に一度会わせておきたかった　ほら
　向うで生まれたお前の弟だよ」
私は歓声をあげた　父はあちらで新しい幸福を得られたのだ
素直そうな可愛い少年だ　言いそびれや聞きたいことが舌先を
争ってもどかしい　いや手紙にしようと住所をたずねた　口ご
もりつつ父は答える「住所は言えないんだ」
そうか父が住むのは区界も涯もない異域

薄闇をくぐりぬけて私は自分の寝床にかえっていた　目を合わ
せることもなくて　すでに面ざしもおぼろな「弟」　私だけの
イエノタカラ
気体のようなひとひらの言葉にやすらいで　残りの夜が溶暗
…………

あとがき

思春期のころから私は家と名のつくものに違和感があった。

何故人はそこに囚われなくてはいけないのか、何とかしてそこから外れよう。それでいて無為に時は流れ、気がついてみると折に触れては家族、血縁についての作品を書きためていた。あらためてその意味を考えずにはいられない。

それらを久しぶりの抒情詩集としてまとめるにあたり、二十年前の『幻野行』にハイセンスな造本をして下さった思潮社さんに委ねることになった。

（構成の必要上既刊作品を改稿改題の上再録したものもある。初出一覧の＊印）
何かとご高配いただいた小田康之様はじめ担当の方々に感謝を申し上げます。

こたきこなみ

二〇一八年晩夏

初出一覧

花冷えの土の顔　「火牛」17号　一九八七年六月
枯野の舟　「詩と創造」49号　二〇〇四年十月
例えばひとひらの印画は　「火牛」51号　二〇〇三年九月
セピア色の面影に　「火牛」52号　二〇〇四年三月
欠けら　「火牛」55号　二〇〇五年三月
追憶装置　「火牛」55号　二〇〇五年三月
禁域　「詩と創造」53号　二〇〇五年十月
彩色　「火牛」57号　二〇〇六年三月
相似の人　「詩と思想」二〇一七年十二月号
遠来　「幻竜」28号　二〇一八年九月
酸素*　「舟」32号　一九八三年七月
薔薇のいれずみ　「火牛」50号　二〇〇三年三月

垂乳根の　「詩と思想」二〇一〇年九月号
誘拐でんわ　「蝸牛」51号　二〇一六年四月
お泊まり保育　「蝸牛」51号　二〇一六年四月
家路　「火牛」40号　一九九八年十月
蚊柱の人　「葡萄」54号　二〇〇七年三月
寄る辺　書き下ろし
闇鍋の日々を来て　「詩と思想」二〇一三年十月号
幻住所*　「火牛」32号　一九九四年十一月

こたきこなみ

一九三六年十二月北海道生まれ

既刊詩集
『キッチン・スキャンダル』レアリテの会　一九八二年刊
『銀河葬礼』花神社　一九八八年刊
『幻野行』思潮社　一九九七年刊
『星の灰』書肆青樹社　二〇〇〇年刊（第34回小熊秀雄賞）
『夢化け』書肆青樹社　二〇〇六年刊（第３回更科源蔵文学賞）
『第四間氷河期』土曜美術社出版販売　二〇一三年刊
評文集
『岩肌と人肌のあいだ』土曜美術社出版販売　二〇一五年刊（第十二回詩歌句随筆大賞評論部門奨励賞）

所属　詩誌「詩世紀」「地球」「舟」「同時代」「火牛」等を経て現在「幻竜」同人。
　日本現代詩人会会員、日本文芸家協会会員

そして溶暗《ようあん》

著者
こたきこなみ
発行者
小田久郎
発行所
株式会社思潮社
〒一六二—〇八四二　東京都新宿区市谷砂土原町三—十五
電話〇三（三二六七）八一五三（営業）・八一四一（編集）
ＦＡＸ〇三（三二六七）八一四二
印刷所
三報社印刷株式会社
製本所
小高製本工業株式会社
発行日
二〇一八年十月三十一日